句集

日高見野《ひたかみの》

志賀 康

文學の森

句集　日高見野＊目次

装丁　巖谷純介

句集

日高見野

ひたかみの

Ⅰ　かの地

晩春を躰と做して旅心

峠では風衣を脱ぎ着る儀式あり

遠春野天地返しの祖父を見て

母は野に許し草よと呼びて摘む

水泡浮いてたかが四劫と嗤いけり

落雷のあと一瞬の羊歯の愛

嫌と言えるうちが花とや百合蕾

夕暮の闘いいくつ合歓の花

もじずりはふと見ぬあいだの遠出草

空国《むなくに》と言えども過客またひとり
そも何時へ延びたる昨日の峠道
聞こえねど終わりし筈の唄うたう母

面妖や道の始まるそのあたり

どの道も水にて終わると鵠《こく》の声

母は静かに悪態祭より帰る

七夜なら寒さに晒せば透き通る

融け初めてからの正《まさ》しさ大垂氷

休符から始めて婆の夢語り

薄氷は時の鏡か梓巫女

雁去つて野面に仮《け》なれや戻りくる

一本で叙事の野花となる菜種

舫い杭密かに異心蔵したる
吊橋は初々しいものに会いに
吹き抜けて風と呼ばれよ花明り

外影と内影ありて大桂

郭公よ己の声に追われて来しや

夢路想えばはや困憊の日陰蝶

著莪前に怒りのままで立つなと婆が

憶えありて空は虹かけ雷おとす

訪わんかな父呼びの麦母呼びの茨《ばら》

宮城野は狭しと螻蛄は地の穴へ

空の蟲来るのか蟲の空をもて

死鴉を野の本意として奥信濃

豊饒の夜かと問えば女《め》の土偶

脚で立てば掌《て》は祈るものと知らるべし

生き物の神集い居り阿母もゆく

実通草にあて名がありて家山暮る

風景がまだ帰さぬと秋時雨

即興とは黙することとか鈴虫よ

鴑の脳にすこし寝に行くしのぶ草

天恩や落ちざる雪もありぬらん

日と夜に収まらず蓮根《はす》の孔に居る

古代より韻文界にぬたうなぎ

尾白鷲羽をたたみてなお北す

雪やんで天の漂流始まりぬ

透明とは病気なのだと薄氷

私語草《ささめぐさ》と呼ばれよ夜の蕨ども

遠く父浮き上がるものの圧さえつつ

風落ちて耳の人くる竹の秋

妹は昨日と補い合わんとや

行人よ地の無名こそ救いなれ

春暮まだ憑かるる側に居りしか父よ

空よりも我が淋しと鯉の泡

夜の百合よ暗さは試されていると知れ

蟬の眼の微量の水の光欲し

不随意のせせらぎにして地を擬く

無伴奏風組曲の六月や

その上《かみ》の影打ち刑も復活へ

頭と胸の折合つかぬと蜷蛇《とぐろへび》

旅に死んで地の下張りを見にゆかん

石と時こもごも匿い匿われ

秋風やひとつ身ぬちに貝の針

いまは地を許したんだね熟柿落つ

童鬼集えりみな手作りの面をして
しんがりの童鬼の面に父を観て
人の顔描《か》かれし童鬼の面の裏

面はずし童鬼が蜻蛉に答えんと
童鬼の面愛でんと大きな神がきて
曠野ゆく開放弦の童鬼なれ

Ⅱ　かの時

春耕や青天の暗《あん》消えやらず
野の無限青二才を差し向けん
手つかずの慈しみなれ竹の花

蜘蛛の巣が最も揚羽を美しく
みずからを拒めなかつたか窓と風
長生や仮寝の中へ目覚めたり

愛恋の形くずれて芹の花

夕空がふと振り向いて青葉騒

光来て時の難産物語る

空による空の解釈大驟雨

汝が夢の右に蝙蝠が来ている

関わりから始まるのだと栗に花

来《こ》と声す明けそびれたる梅雨空に
鯰《ねん》に告ぐ曇天をいま裏返せり
尺取の出を間違えしまま歩む

人影を野の陰《いん》としてとどめたり
みずからを偲ぶ姿や茄子の花
実は花の心拍子を受け継がん

誰何され遠しと答うるおみなえし

ずんだ食う身のまわりなる雨奥羽

花野には悪野猪《あくのじし》まず招かれて

鳴き声が鳩を老い抜く楡林

何者か自らわかつていのこずち

郁子《むべ》の種吐き出せば雲殖ゆるらん

覚むるかと我を見送る夢の葛

秋と野に幼時はありき渡り鳥

東西しずまれ柿の葉一枚地を叩く

白鳥来はにかむ如く北の空

ひと晩のためらいありてや櫨落葉

やさしさや風下は枯葉でいっぱいだ

夜話や星にも狩をするものが

枯るるとは芒の盲愛かも知れぬ

猪射《う》たれまだ風景の中に在り

透明な水鳥の居て春の闇

晩年なお藤のしじまに敗れたり

乗り移り乗り移りして春の水

追河の掬いとられて溺れおり

虻飛んで黄道帯をはずれんか

風穴《ふうけつ》に獣は見せる骨をもつ

地に薄日牛の涎をわが信ず

夕暮の一人行《いちにんぎょう》やかもじ草

鳶の輪や荷厄介なる春過ぎて

風ときに大川を越えはたたがみ

万物に目力のあり麦の秋

蟻の巣に二重螺旋のあらば鳴る

海見えて撓り返しのふるさとや

人を想うことの始めの火焔土器

ここからはわからぬと蓮の花開く

引き返すところに欲しや蛇苺

大樟が倒るるときの星の食

蜘蛛の巣は座談の名手か風も呼び

野原薊日よりも月に枯れゆかん

樹齢七百むしろ九天《くてん》の励みなれ

外傷《そときず》の見事に立てる峰の松

風景をすこし酔わせよ帰郷の日
立ち止まるから呼び止められて木菟の森
風無くも大木なれば揺るるなり

仰向いた気持に弓を張り直す

宙観に個体差のありつくづくし

白椿落ちて閾下を開きたる

今年また一見態《いちげんてい》の野花なれ
糸遊が子役で出ている野辺の辻
早蕨は道惑いせる夢のなか

空がまだ合わせ鏡の揺籃期

唯ひとり迎えて昏し花の森

浦の午後何かが科白を忘れ居る

掌は蔭に見すべし鬼踊

草の葉の吹きちぎられしが漫ろ神

一人目は秘めおくべしや抜け小路

春岬花には時を与うべし
ひこばえに新たなる時山漆
樹の時は小川の時を跨げずに

樹々の時組み合い融け合い森成せり
樹の時の紅葉して待つ風の時

Ⅲ　ひろがり

旅人は樹の位置をとれ大星座

先の世の遠見の父や岳樺

川底の石は重さを放《ま》りて在り

夕闇に碇をつけよ多島海

二歳にして擬態の鳥と親しけれ

蟾蜍地の鎮魂《たましずめ》を享くるもの

大南風臓腑一点倦みてあり

地は虹になど逃げしやと問われおり

登りより下り恐ろし女神山

中今と思えるどくだみ花ならん

巻貝に時の始めの前を問う

梅雨入りの魚みな窮屈を堪えており

大鴉鳴けや未来という題で

さるすべり片の手はなお遊《ゆう》にあり

神の背の黒より黒きに救われて

日の暮や程よく愚か椋鳥《むく》の空

熟柿みな答えぬふりに飽きはじめ

否《ひ》の音と言うまい山路に大葉落つ

冬雷鳥を刺し貫けや未来光

椿山みな歯を見せて鬼潜み

蜂が巣をつくる日手踊りよされ節

昏夜もう叛かんのかと花ふぶき

草の花散つて頓悟のときあらん

久遠とは腹這うものに問うべかり

草の根に嚙み締める癖春の星

森を見ず木を見る祖父の晩年の

宿敵の不語の病の深かるべし

白蝶来山河はひとつの予想なる
横糸の一本勇気と呼んで抜く
答から問へ散り敷く青松葉

黒とんぼ魚見《いろみ》の神におわせしか
出と入りで言葉を変えて藪雀
呆けなば宙類事典を繙かん

暮色とは樹のことばにて偽らず
みた夢を憶えていない雌型時
何者か互いに識らず樹下に入る

蛍草までの隔たり私有せん

日月や両手につつみ持つ器

触れ居ればやや白を増す秋の花

長ずるに傍らを成す杣童子

次の日の真似事で荻枯れゆかん

飛び立つて鷹は負号を創意すや

別の橋渡らば嫗となり居らん
答うるは道に差し入る道のように
埋火を間に神と神の親

こちたきやほどけし紐の語り口

寒月いま劇中劇を照らし初む

鷹墜ちて暫く韻文劇となる

黄牛は心中劇をひもすがら

坂道はト書多くて雲しずか

母よ今劇中劇から劇中へ

雲流る持たぬように持たぬように

捨てきれず遺品とせんか日のぬくみ

幼くて橋渡つても取られない

滴りや水をいたわる水があり
葬りの日土踏まずいま恥ずかしき
語を成さば組打つ草となりぬらん

春浅し辻はおおかた野糞置き

手の甲で諾いしもの去りゆかず

まるで人のようだと松は影おとす

古代杉出迎えるものになり得たか
下萌に鳥の一死の備えあり
百日眠らば己の外に言葉無し

迎え撃つ藪もあらなん扇状地

遠山の動くかと見て牛歩む

西へ行く人西に居る危うきや

手は足に問いたりついに何事ぞ

鴉鳴いて何処まで行つたと耳すます

Ⅳ　まじわり

春蘭を討たれて滅びし故国こそ

野の末は祈り多くてまつくぐり

春宵は柳の予感を便《よすが》とし

言うなればば手狭になりて目覚むなり

息継ぎは語りを今に繋留し

羽蟻にも伝説ありてや西日逐う

夏の蝶木の間を飛べば喩となならん

なめくじは野を振り切れるほど速い

夏の日は何ぞ何ぞと登りくる

草結びおのれ一人の罠となす

作り物なら油断ならない葛の花

蜉蝣の落ちたる翅を宙という

野の花を親に包《くる》んで持ち帰る

残照や黒土ばかりが正気にて

冬の樹や言われしことばにも自由を

蟲死んで冬の野になお蟲の闇

若ければ帰すごとくに帰りたる

切つ先の抗う季節や雪起し

雪やんですぐは頷き合うをせず

揺るるものとしての自負あり岬松

二月野に地の原振動を聴く者よ

双葉はや大地の廻りに慣れており
蝶羽化しひそかな実験作であれ
春野もう曖昧境に戻れない

地の息のどこでも竹藪になれる

老翁の眠りは土葬に適うらん

空間の凹みをぬつて飛ぶ蝶よ

春宵を吸いこむ胸に籠らんや

誰か居ると振り向けばまた屛風岳

来ぬ時を対岸に視る少年よ

枳殻の棘に不悉の極致あり

睡蓮を問い詰めて野の秘所知らん

半音を下りて野芥子に息《やす》む虻

鳥の夜を固めて遠きいなびかり

胡桃また何かを言いたる後なりき

南天に鵯の今あり揺れており

森の樹に問われし弖爾波の使い様
山道の花は吸いとる光もち
木の実落ち音するまでを秘匿せる

さるおがせ夜は和声を引き据えて

言い直し言い直してや松林

身の内の鶴の全土の夕べなれ

数日の欠損ありき海鼠の世

岩砕けもう眠気には襲われぬ

地はいつも一つ逃げ行くものを欲り

旅人はみずからを関と思い做し
春の夢間違いなれど正しかり
揚雲雀磧は少しむきになり

人あまり笑わず小さき野を焼けり

化石貝詩がまだ珍しかつた頃の

許されず多年草なり春の雨

ゆっくりでなければもたない桃の空

どの樹にも後を追うなの禁忌あり

繁縷まで繁縷のつもりで測りなおす

丁字草青は音楽となるために
稍あつて水木が読点置く山路
野の人よ空はこれから起こること

青梅の球の意識の余り落つ

北の花みな間に合つたと萎みゆく

沈黙は詩なりと榠樝結実す

いつ来ても木橋は憶えていて撓る
向き直る途中の神の怖ろしき
蜩の鳴き止み術を修せんや

あかげらの今を打ち打つ痛からん
沼に流れ三日もたてば雲映す
萩すでに言葉を持つか風よりも揺れ

芒折る共に深い息をして

Ⅴ　ことどい

冬の旅どこにも橋を置きたかり

足音の奥の足音椎落葉

終わらさぬように無口な箍ならん

つわぶきか宥し返しの了えどころ

いくぶんは水だと思う春の魚

おお弥生ことば追い来て地図は逃げ

問えばまず風のかたちとなる柳

花と虻思いの高さと深さあり

嫌だ嫌だと影が壺の形する

魚跳ねて音に名残りの夜のあり

しりとりの途切れしところ翁草

夏くれば野はくちぐちに自解して

川石の丸みは山の存念か
全身で往事を纏える丸石や
丸石をさえの神とて旅人よ

実梅落ち変奏に入る遠嶺あり

否むには身に液体の多すぎて

高曇り有るか無きかの天衣

隠沼《こもりぬ》に水輪描くか軌道論

萍に出自を問えば歌とのみ

木下闇進化返しということも

口細き器であれば醒め難し

あめつちの斜め或るとき麦の花

数刻を宥め残して野のしじま

石竹の咲き切るほどの紅に立ち
まっすぐに落とした形をもて祈る
おおそうかと言う他はなし蟬仰臥

古代蓮息差平らかとは言えず
古代蓮水溶性の時を来て
めまといの命のところ日の踊り

夕空の雑念ならん笹の舟
秋近し欠けたるものはや隠されず
杭朽ちて地のおとないに恵まれし

こおろぎの視野いつぱいの露の世か

振り向けば百年一度に立ち止まる

在り様《よう》がものを生すのだ烏瓜

野の風は生きたなとしか言わないが

歌い来てそのまま野となる吾亦紅

億年の声出る前の山脈や

神体にも水たまりゆく秋の暮

身語りの風《ふう》にて一本《ひともと》ずずだまよ

野の側から見えていちじく物欲しげ

風吹きぬ元来荻と関わりなく

安心《あんじん》や空青ければ青の音

夕空に後注として渡り蝶

くさひばり浮石に来て鳴き止みぬ

木の実落つ何と出会い損ねしや

山風の末の山風背くべし

山の向こうを見たかのように木槿落ち

幼年はわが手暗がりに居直りて

及ばぬと言えども茱萸の実のありか

秋の虫覚えありなん盗み聞き

葉が落ちて樹は形容詞となりゆかん

いま会わねば会えぬと思う桐冬芽

わが肩へ空に生まれし鳥来よや

内反りに石刀磨けば春の暮

白蝶に天涯の地を賜りぬ

膝皿貝《ひざらがい》現と夢しか無けれども
流れとは流るるものの心地なる
葦の芽よ言葉多しと思わずや

幼生は滴のかたちの春なれや

日高見野　畢

後記

本集は、二〇一七年に上梓した『主根鑑（おもねかがみ）』に次ぐ第五句集である。

すでに見たことや感じたことをモチーフとして一句に育て上げる——そういうことを俳句に求めたことは以前から少なかったが、今は全くないと言ってよい。書くことによって初めて、今まで見えていなかったものや感じていなかったことが一句に現れてきたとき、それは作品として残される。その過程で作者は、意識的に働きかける対象を持たず、言葉と言葉の動的作用によって、発火現象的に新しい世界が顕現するのに立ち会うのみだ。ひとつ言い添えるとすれば、その新しい世界を、自身の感懐や想念が迎えに行きたくなるのを辛抱すること、それが作者が意識的に行う唯一のことだ。これは決して容易なことではないが、それによって、言葉の相互作用に不意打ちをかけられることに期待しているのだ。ひいては、読者の豊かな想像力の刺激や、多様な連想の喚起に繋がるとすれば、これ以上の喜びはない。

句集名の「日高見」は『日本書紀』（景行紀）に、「東《あづま》の夷《ひな》の中に、日高《ひたか》見国《みのくに》有り。其の国の人、男女《をのこめのこ》並《ならび》に椎結《かみをわ》け身を文《もどろ》けて、為人《ひととなり》勇《いさ》み悍《こは》し。是を総《す》べて蝦夷《えみし》と曰ふ。亦土地《くに》沃壌《こ》えて曠《ひろ》し」とあり、「日高見」は現在の北上をさし、日高見国は北上川下流、現在の仙台平野の多賀城より北の地域であろうとされている。

本集は、いまでは遥かに封じられた感のある日高見国に思いを馳せようというのではない。日高見の野へまで及ぶ透視の深さにおいて、万物の存在の場を開いていきたいと願ったのだった。

今回も「文學の森」の方々にお世話になった。感謝申し上げる。

二〇二一年二月

志賀　康

著者略歴

志賀　康（しが・やすし）

一九四四年　仙台市に生まれる
句集『山中季』（二〇〇四年）、『返照詩韻』（二〇〇八年）、『幺』（二〇一三年）、『主根鑑』（二〇一七年）
俳句論集『不失考』（二〇〇四年）、『山羊の虹』（二〇一一年）
「ＬＯＴＵＳ」同人

現住所　〒983-0823　仙台市宮城野区燕沢二―一〇―三六

句集　日高見野《ひたかみの》

発　行　令和三年五月十九日
著　者　志賀　康
発行者　姜　琪　東
発行所　株式会社　文學の森
〒一六九-〇〇七五
東京都新宿区高田馬場二-一-二　田島ビル八階
tel 03-5292-9188　fax 03-5292-9199
e-mail　mori@bungak.com
ホームページ　http://www.bungak.com
印刷・製本　有限会社青雲印刷

ISBN978-4-86438-976-1　C0092